AF349586

MEDITATION
CHRESTIENNE
SVR LE
MEMENTO
HOMO.

A PARIS,

Chez Nicolas Callemont, demeurant

ruë Quiquetonne

M. DC. XXVI.

MEDITATION
CHRESTIENNE
SVR LE MEMENTO HOMO.

Ouuien - toy qu'il te
faut resoudre,
A voir acheuer ton
flambeau,
Que tu doibs retourner en poudre,
Et que ton corps se doibt dissoudre
Quand il sera dans le Tombeau.

Pense dans ta santé meilleure
Que tout se change au gré du sort,
Qu'il n'est rien çà bas qui ne meure,
Et que tu peux choir à toute heure
Dans les embusches de la Mort.

A

Quoy que ta vigueur te presage,
Sçache que le moindre accident
Peut faire blesmir ton visage,
Et dés l'Aurore de ton âge
Te porter en ton Occident.

Ta vie est fresle comme verre,
Chaque iour te meine au trespas,
Dessus la Mer, dessus la Terre,
Dans la paix & parmy la guerre
La Mort accompagne tes pas.

Ny le bon sens, ny le courage
Ne destournent point sa fureur
Et sans respect de sang ny d'âge
Elle prend vn grand Personnage
Comme elle fait vn Laboureur.

Celuy dont on t'a veu descendre
A subi cette dure Loy,
Cesar & le grand Alexandre

Aujourd'huy ne sõt plus que cendre
Qui furent vaillans comme toy.

Si comblant l'Vniuers d'enuie
Par l'honneur de mille beaux fais
La clarté n'estoit point rauie,
HENRY seroit encore en vie,
Et LOVIS ne mourroit iamais.

Mais la Mort aueugle & perfide
N'a iamais eu de fauoris ;
Le bout de son trait homicide
Fit aussi bien tomber Alcide
Comme il fit Tersite & Paris

Dessous les Cieux rien n'est durable
Contre sa dure inimitiè ;
C'est vn Fantosme inexorable,
Qui n'a rien de plus fauorable
Que de n'auoir point de pitié.

Vn excés plus que ta couſtume
Suiuy d'vn refroidiſſement,
Vn feu qui dans ton ſang s'allume,
Vne playe, vne cheute, vn rhume,
Te portent dans le monument.

Là ce corps qui ſi difficilë
Engoufroit tant de mets diuers,
Deſcharné, relant, immobile,
N'eſt plus qu'vne charongne vile,
Qui repaiſt & loge les vers.

Encore l'heure eſt incertaine
Que tu doibs aller deuant Dieu,
Si dans ſa grace, ou dans ſa haïne,
Si pour la gloire, ou pour la peine,
Il te faut partir de ce lieu.

Auant que le treſpas te touche,
Le grand aſſault de la douleur
Aſſoupiſt ton corps dans la couche,

Te ferme les yeux & la bouche,
Et te desrobe la chaleur.

Lors souuent ton Ame affligée
Qui void les Demons au dehors,
Dont elle est par tout assiegée,
Se cognoissant demy iugée,
Est plus malade que ton corps.

Elle repasse en sa memoire,
Le nombre infiny des pechez,
Dont iadis elle faisoit gloire,
Et void escris en lettre noire
Ceux qu'elle tenoit si cachez.

Ses forfaits la rendent confuse,
Le desespoir la vient saisir,
Elle ne peut trouuer d'excuse,
Et void qu'elle n'a plus de ruse
Comme elle n'a plus de loisir.

Elle void qu'il faut qu'elle quitte
Ce corps qu'elle flattoit si fort:
Et qu'elle n'a point de merite
Qui puisse faire qu'elle esuite
L'Arrest d'vne eternelle mort.

Mais tandis qu'elle se desole,
Qu'elle fait en vain mille vœux,
Dieu de ses crimes void le role,
Et d'vne tonnante parole
La precipite dans les feux.

Elle tombe dans vn grand goufre,
Et sans attente d'en sortir,
Il faut qu'à iamais elle y soufre
L'ardeur d'vn brasier plein de soufre
Qui ne doit iamais s'amortir.

Le Demon qui durant la vie
Luy proposoit les voluptez,
Ore qu'il la tient asseruie

Soule

Soule sur elle son enuie
Par mille infames cruautez.

Lors la pauure Ame se desbonde,
Elle s'en prend aux Elements,
Et d'vne fureur sans seconde,
Maudit le Ciel, la Terre & l'Onde
Et l'Autheur de ses fondements.

Mais à quoy seruent ses blas-
phemes ?
Ses feux n'en sont pas moins ardens,
Les Diables sont tousiours les mes-
mes :
Ses tourmẽs sont tousiours extrémes
Malgré ses grincements de dents.

Voy-donc le feu qui la consomme,
Qu'elle a tout perdu pour vn rien,
Que nos iours n'estant rien qu'vn
somme,

Il vaudroit mieux n'eſtre pas hõme
Que n'eſtre pas homme de bien.

Sois donc tel que tu voudrois eſtre
Au poinct de ce dernier moment.
Lors qu'il te faudra compareſtre
Deuaut ce Iuge et ce grand maiſtre,
Que tu ſers tant indignement.

Souuien-toy de l'heure derniere,
Et de l'horreur du monument,
Où ta deſpoüille priſonniere
Ne ſera plus rien que pouſſiere,
Et n'aura plus de ſentiment.

PRIERE A
IESVS-CHRIST.

Vissant Autheur de
toutes choses
A qui les ronces &
les clous,
Quãd tu voulus mourir pour nous
Estoient des œillets & des roses.

S'il te souuient de tant de peines,
Et de ce beau pourpre coulant
Qui de tes membres ruisselant
Faisoit tant de viues fontaines.

Mon Dieu par un secõd Baptesme
Dans ton sacré sang repurgé,
Fais que ie sois si fort changé
Que ie ne semble pas moy-mesme.

Que le mõde n'ait plus de charmes
Pour tenter mon affection,
Et que ta seule Passion
Me face respandre des larmes.

Seigneur qu'vne Diuine flame
M'embrase dedans & dehors,
Et que les playes de ton corps
Passent bien auant dans mon ame.

Que ta crainte en mon cœur reside,
Acrois mon espoir & ma foy,
Et pour me sonduire vers toy
Fais que ton sainct Esprit me guide.

Par T. L.